à Monsieur Natalis de Wailly
Membre de l'Académie des Inscriptions et Belles Lettres
hommage de l'auteur

ΑΝΩΝΎΜΟΥ ΣΎΓΓΡΑΜΜΑ ΠΕΡῚ ΜΟΥΣΙΚῆΣ.

ΒΑΚΧΕΊΟΥ ΤΟῦ ΓΈΡΟΝΤΟΣ

ΕἸΣΑΓΩΓΉ ΤΈΧΝΗΣ ΜΟΥΣΙΚῆΣ.

ANONYMI SCRIPTIO DE MUSICA.

BACCHII SENIORIS

INTRODUCTIO ARTIS MUSICÆ.

È codicibus parisiensibus, neapolitanis, romano primùm edidit et annotationibus illustravit Fridericus Bellermann, philosophiæ doctor, gymnasii berolinensis leucophæi professor.

COMPTE RENDU PAR A. J. H. VINCENT.

Imprimerie de V° DONDEY-DUPRÉ, rue St-Louis, 46, au Marais.

Ἀνωνύμου σύγγραμμα περὶ μουσικῆς. Βακχείου τοῦ γέροντος εἰσαγωγὴ τέχνης μουσικῆς. Anonymi scriptio de musicâ. Bacchii senioris introductio artis musicæ. E codicibus parisiensibus, neapolitanis, romano primùm edidit et annotationibus illustravit Fridericus Bellermann, philosophiæ doctor, gymnasii berolinensis leucophæi professor. — Berolini, 1841. Prostat apud Albertum Foerstner. In-4°.

Admis par MM. les rédacteurs de cette Revue à rendre compte de l'ouvrage dont on vient de lire le titre, je me trouve chargé d'une mission aussi délicate, je le sais, qu'elle est honorable pour moi. En effet, j'ai aussi de mon côté travaillé sur les mêmes textes, cherché à les corriger, à les restituer ; enfin je les ai annotés et accompagnés d'une traduction française. Toute la partie de mon travail qui est relative au texte du premier des deux traités ci-dessus, sa traduction et les notes qui l'accompagnent, ont été présentés à l'Académie des Inscriptions et Belles-Lettres dans sa séance du 28 mai dernier, antérieure de deux semaines à la date de la préface de M. Bellermann ; et séance tenante elle fut en conséquence renvoyée à une commission composée de MM. Raoul-Rochette, Letronne, Boissonnade, Hase. J'ai donc sous ce rapport acquis une sorte de priorité qui du reste n'enlève rien au mérite du travail de M. Bellermann, mais que néanmoins je devais revendiquer.

Dans ces circonstances, en me décidant à faire ici, malgré ma position tout exceptionnelle, l'analyse de cet ouvrage, j'indique assez la nature entièrement favorable du jugement que, suivant moi, tous les lecteurs en porteront ; et mon rôle se bornera à le proclamer d'avance. En même temps, je saisirai cette occasion pour soumettre à M. Bellermann, plus utilement peut-être pour l'avancement de la science, que d'autres n'auraient pu le faire sans s'y être préparés, quelques doutes sur un petit nombre de points où nous ne nous trouverions pas parfaitement d'accord.

L'ouvrage désigné sous le titre Ἀνωνύμου σύγγραμμα περὶ μουσικῆς se compose de deux traités entièrement distincts l'un de l'autre, quoiqu'on les trouve réunis en un seul corps dans les manuscrits, et que M. Bellermann, en cela d'accord avec Perne, les considère comme n'en formant qu'un; mais c'est une erreur que je suis surpris de voir partagée par un aussi habile critique que M. Bellermann.

Les manuscrits de Paris commencent brusquement et sans préambule par ces mots, qui ont généralement fait regarder ces deux ouvrages grecs comme n'étant qu'un traité du rhythme : Ῥυθμὸς συνέστηκεν ἔκ τε ἄρσεως καὶ θέσεως...etc. Dans un manuscrit de la Bibliothèque Royale de Naples, que M. Bellermann a fait collationner, se trouve en titre : Τέχνη μουσικῆς ; et dans un autre de la Bibliothèque Barberine : Ἀνωνύμου σύγγραμμα περὶ μουσικῆς, titre adopté par M. Bellermann.

Suivent en quelques pages l'explication des signes de durée et les définitions des figures de la *mélopée, proslepsis, eclepsis*, etc., avec des exemples en notes anciennes. Vient ensuite un traité fort abrégé de musique, précédé des mots ὅρος μουσικῆς, qui ne peuvent évidemment s'appliquer qu'aux premières définitions ; car, dans le cours du traité, l'auteur parcourt successivement, en termes fort succincts à la vérité, les sept parties que les anciens reconnaissaient dans la musique harmonique, savoir : les *sons*, les *intervalles*, les *systèmes*, les *genres*, les *tons*, les *métaboles*, et enfin la *mélopée*.

Après ce premier traité, en vient un autre, qui n'est distingué du premier par aucun signe de séparation, pas même un simple alinéa. Ce second traité reprend les mêmes matières que le premier, en leur donnant beaucoup plus de développement; et il se termine, à quelques légères variantes près, par le même fragment sur le rhythme, Ὁ ῥυθμὸς συνέστηκεν... κ. τ. λ., suivi, avec quelques additions, des mêmes définitions de la proslepsis, de l'eclepsis, etc., puis enfin de quelques exemples de solfége et de quelques mélodies très-simples en notes anciennes. Il faut observer, toutefois, que le manuscrit de Naples finit d'une toute autre manière, et qu'à la place des mélodies dont je viens de parler, ainsi que de quelques passages qui ont évidemment été ajoutés à une époque postérieure, il donne le seizième chapitre du troisième livre de Ptolémée, ou plutôt de Nicéphore Grégoras, sur les relations du système musical avec le monde planétaire. Cette circonstance prouve malheureusement, il est fâcheux d'être obligé de l'avouer, que ces mélodies, dont deux surtout sont d'un beau caractère, ne peuvent être reportées à la même époque que le reste du traité, c'est-à-dire peut-être vers le second ou le troisième siècle de notre ère, quoique M. Bellermann ne décide rien à cet égard, et que je ne puisse mieux faire que d'imiter sa réserve.

Les deux traités dont nous parlons sont, depuis près de deux siècles, signalés à l'attention publique par Meïbom, qui avait promis, dans la préface de son *Bacchius*, d'en donner une édition et une traduction latine; mais ce laborieux interprète des musiciens grecs n'eut pas le temps de couronner par là ses glorieux travaux. Depuis lors, les mêmes traités avaient attiré l'attention du savant Doni; mais ce fut également en vain que, les ayant remarqués dans quelques bibliothèques d'Italie, il avait formé le projet de les publier. En dernier lieu enfin, et seulement depuis quelques années, Perne avait repris le même travail; mais le temps encore cette fois faillit à l'entreprise. Au reste, quant à ce dernier auteur, sa traduction manuscrite est déposée avec ses œuvres à la Bibliothèque de l'Institut; je dois à la bienveillance de M. Raoul-Rochette d'avoir été admis à en prendre communication; et je déclare que, dans mon opinion, ce travail est loin de réaliser les espérances que les premières publications de Perne avaient fait concevoir.

Il n'en est pas de même heureusement du travail de M. Bellermann, travail tel que devaient l'attendre de lui ceux qui ont déjà l'avantage de connaître sa belle restitution des hymnes

de Denys et de Mésomède. La critique du texte, son développement dans un commentaire perpétuel où une parfaite intel-
ligence de la musique ancienne se manifeste presque à chaque
pas, enfin tout l'ensemble de l'ouvrage, ne pourrait laisser à
désirer que bien peu de chose. Pour motiver mon approbation,
j'aurais à citer à peu près toutes les pages ; mais je me borne-
rai à désigner en particulier deux points que j'envie surtout à
M. Bellermann. Le premier est une conjecture des plus ingé-
nieuses, et qui me paraît d'ailleurs de toute certitude, par laquelle le savant auteur rétablit (page 58) la définition altérée
du genre *chromatique mou* ; le moyen par lequel il y parvient
consiste dans le simple changement du mot ἀεί en μεῖον. Cette
correction, dont je n'avais obtenu l'équivalent que par une
périphrase, suffit à elle seule pour déceler un véritable hellé-
niste. Un autre point qui m'avait également échappé, est une
jolie remarque (p. 42) sur les divers *Tons* employés par chaque
classe d'instrumentistes ; M. Bellermann fait voir que, pour
chaque classe, ces divers tons procèdent par quartes et quintes
successives, c'est-à-dire conformément à la loi que nous sui-
vons nous-mêmes dans l'armature de nos clés.

Après avoir ainsi témoigné d'une manière qui, je pense, ne
paraîtra pas équivoque, ma sincère estime pour le travail de
M. Bellermann, je me permettrai d'adresser au savant auteur
quelques légères critiques, ou du moins de lui soumettre quelques doutes.

Je remarquerai d'abord qu'en traitant (p. 38 sqq.) des anciennes harmonies ou des anciens modes dont il est si souvent
question dans Platon, Athénée, Aristote, et tant d'autres auteurs, M. Bellermann, suivant en cela les traces de son compa-
triote M. Boeckh (De metr. Pind. p. 213 sqq.), semble n'avoir
en vue que les espèces d'octaves telles qu'elles sont définies en
particulier dans Euclide (p. 15) ; or, si ces anciennes formules
se retrouvent quelque part, ce n'est certainement pas là qu'il
faut les chercher, mais bien dans Aristide Quintilien (p. 22).
Faute d'avoir fait plus tôt cette remarque, à laquelle cependant
la plus légère attention devait naturellement conduire, on a

dit sur les anciens modes bien des choses qui restent sans va-
leur.

En rappelant (p. 63) le célèbre passage de Plutarque sur
l'invention du genre enharmonique, M. Bellermann le regarde
comme étant encore inexpliqué ; or, je dois avertir le savant
philologue que ce passage se trouve, suivant moi, très-bien
interprété dans un ouvrage fort remarquable publié récem-
ment, et qui sans doute n'était pas encore parvenu à sa connais-
sance : je veux parler des *Etudes sur le Timée*, par M. Henri
Martin. En mettant à part quelques inexactitudes de détails, le
passage de Plutarque me paraît expliqué dans le tome II
(p. 409) de cet ouvrage, d'une manière aussi juste qu'ingénieuse. On en trouvera le développement dans les *Notes* qui
accompagnent ma traduction.

Venons à un objet plus grave. Le second de nos deux ano-
nymes, ou plutôt son copiste, faisant l'énumération des diffé-
rentes espèces d'octaves, suit identiquement le même ordre
qu'Euclide, commençant par celle qui s'étend de l'hypate des
hypates à la paramèse, etc. Mais les manuscrits, au lieu de dire
que c'est la première espèce, disent que c'est la seconde ; de
même la seconde espèce devient la troisième ; et ainsi de suite
jusqu'à la septième, qui devient ainsi la huitième. En outre,
pour plus de complication, le ton disjonctif, qui occupe évidemment le premier rang à l'aigu dans l'octave comprise entre
l'hypate des hypates et la paramèse, est signalé dans les manuscrits comme occupant le second ; et par une suite de con-
séquences, dans la huitième espèce d'octave, le ton disjonctif
occupe le huitième rang. Tout cela, comme on le voit, est
passablement absurde, attendu qu'il n'y a pas plus de huitième
espèce d'octave possible qu'il n'y a de huitième place à assi-
gner au ton disjonctif dans une octave qui ne peut contenir
que sept intervalles. M. Bellermann, comme on le pense bien,
ne pouvait laisser passer de semblables inepties ; et il a bien
reconnu que, pour faire coïncider cette rédaction avec celle
d'Euclide et des autres auteurs, il fallait partout changer δεύτερος en πρῶτος, τρίτος en δεύτερος, etc., non-seulement dans

l'énumération des octaves, mais dans la fixation de la place du ton disjonctif. Mais en même temps, ne pouvant se décider à croire à une erreur répétée ainsi quatorze fois, M. Bellermann préfère supposer que le tout se réduit à un simple oubli, à une suppression du copiste, portant alors sur la première octave, l'octave hypermixolydienne, que l'on sait en effet avoir été postérieurement introduite dans le système musical ; et en conséquence, le savant interprète a intercalé une *première forme d'octave, allant de la proslambanomène à la mèse ; et dans laquelle le ton occupe le premier rang*. Mais, qu'il me soit permis de le dire, ce système de correction n'est nullement admissible, par la raison, je l'ai déjà dit, qu'il s'agit des formes de l'octave, τὰ τοῦ διὰ πασῶν σχήματα ; et que si l'on peut imaginer autant de tons que l'on veut, il ne peut dépendre de personne de faire qu'il y ait plus de sept espèces d'octave, la huitième redevenant semblable à la première, la neuvième à la seconde, et ainsi de suite périodiquement, d'où vient même le nom de *trope*, τρόπος, *retour, circulation*. Mais ce n'est pas tout : M. Bellermann, voyant bien que, dans son système d'interprétation, le ton disjonctif serait placé à faux s'il était désigné par le mot τόνος, est obligé de prendre ce dernier comme représentant le *son de la mèse*, ce qui est, je ne crains pas de l'affirmer, en contradiction formelle avec le langage constant de tous les auteurs, sans aucune exception. Il ajoute alors cette remarque, savoir : que si l'on donne la même interprétation au mot τόνος dans l'énumération des trois sortes de quarte, en continuant cependant à l'entendre dans celle des quintes par *ton disjonctif*, la première espèce de quarte et la première espèce de quinte auront alors une définition commune. Cette remarque est fort ingénieuse sans doute ; mais elle est justement la réfutation du système d'interprétation de M. Bellermann, puisqu'elle n'aboutit à rien moins qu'à mettre l'auteur grec en contradiction avec lui-même.

Comment alors sortir d'embarras ? Voici ma réponse. L'auteur grec suit évidemment le système d'Euclide pour les sept espèces d'octave. Mais un copiste du moyen âge, passé maître sans doute dans la musique grecque de son temps (v. Bryenne, livre III, § 4, p. 481), et plus fort sur les *troparia* que sur les élémens d'Aristoxène, aura confondu l'ὀκτώηχος avec les octaves, et décidé dans sa sagesse que son auteur se trompait en appelant première espèce la mixolydienne, attendu que, dans le système moderne, le ton mixolydien n'était que le deuxième des huit, le premier étant l'hypermixolydien (1). En définitive, ma solution est donc que les quatorze erreurs n'en font qu'une, et qu'il fallait sans hésiter rétablir la classification et la nomenclature d'Euclide, classification et nomenclature qui ne sont d'ailleurs que celles d'Aristoxène.

Il me reste un point à traiter, ce que je ferai en peu de mots : c'est relativement au passage (p. 76, nᵒˢ 63 et 64 de M. Bellermann) qui suit sans intermédiaire celui (nᵒ 62) que nous venons d'examiner. Il s'agit ici de la classification des voix humaines que l'auteur grec distingue en quatre catégories, savoir : hypatoïdes, mésoïdes, nétoïdes, hyperboloïdes, correspondant à peu près aux dénominations plus récentes de *bassus, contrà, ténor, superus*. Or, dans le nᵒ 63, cet auteur énumère les divers tétracordes du grand système, qui entrent dans le diapason de ces voix ; et dans le nᵒ 64, il en fixe les limites au grave et à l'aigu : *Intricatus locus*, dit M. Bellermann, *cujus difficultates indicare licet, non expedire ;* et plus loin : *nullo modo enucleare queo ; itaque hunc totum locum, mihi quidem omninò desperatum, lectoris acumini relinquo expediendum.* En regard d'un aveu aussi modeste, je n'oserais moi-même proposer une explication du passage en question, si cette explication ne me paraissait d'une évidence tellement frappante, que M. Bellermann lui-même, je n'en doute nullement, s'il ne l'a pas aperçue depuis, ne peut manquer d'en saisir la justesse aussitôt qu'elle lui sera présentée.

Voici cette explication : les divers tétracordes énumérés dans le nᵒ 63, et auxquels les voix humaines sont rapportées, appar-

(1) Le témoignage de *Boëce* est ici invoqué à faux par M. Bellermann : cet auteur parle d'un huitième mode, *octavus modus*, et nullement d'une huitième octave.

tiennent aux treize tons d'Aristoxène même, tels qu'ils sont indiqués dans Euclide (p. 19) et dans Aristide Quintilien (p. 23), les voix hypatoïdes comprenant le tétracorde des *mèses* dans les *cinq* tons nommés par Aristoxène, hypodorien, hypophrygien grave, hypophrygien aigu, hypolydien grave, hypolydien aigu, et les voix mésoïdes, le même tétracorde des *mèses* dans les *trois* tons phrygien aigu, lydien grave, et lydien aigu (ici par conséquent il y a δώρια à changer en λύδια). Quant aux voix nétoïdes, leur diapason contient le tétracorde *synemménon* dans les *trois* tons mixolydien grave, mixolydien aigu, et hypermixolydien (M. Bellermann accorde le changement du mot ὑπερβολαίων qui n'a pas de sens, en ὑπερμιξολύδιον). La chose entendue de cette manière, les limites fixées par l'auteur dans le n° 64, aux quatre classes de voix, sont parfaitement conformes au n° 63; par conséquent, les corrections que M. Bellermann y a introduites ou proposées, portent complétement à faux : il n'y a pour ainsi dire rien à changer; seulement il est bon, pour compléter le sens, d'ajouter ὑπερμιξολύδιον après συνημμένων. Il est d'autant plus surprenant que M. Bellermann ne soit pas tombé du premier coup sur cette interprétation, que lui-même, reconnaissant et signalant les n° 62 et 63 comme un emprunt fait à Aristoxène dans les parties que nous avons perdues et dont nous avons l'avantage de recouvrer ici un précieux fragment, avait trouvé la véritable clé de la difficulté; mais, au moment de l'application, cette clé lui a échappé.

Quant à donner l'explication de cette sorte d'oubli que nous ne pouvons considérer que comme un accident, cela serait un problème plus difficile à résoudre que le premier, s'il n'était évident que nous devons le mettre sur le compte de la précipitation avec laquelle l'estimable auteur paraît avoir, non pas composé, mais imprimé son ouvrage si recommandable d'ailleurs à tant d'égards. Mais ce n'est pas seulement ici que le même défaut se manifeste : on le retrouve encore dans d'autres endroits, par exemple dans un passage de la page 30 sur lequel il revient à la page 58, dans un passage de la page 17 qu'il est obligé de rétracter à la page 97. Cette précipitation, il faut le dire, est d'autant plus à déplorer, que personne n'eût été capable aux mêmes titres que M. Bellermann, de nous doter d'une édition définitive, si cet estimable philologue se fût résigné à y consacrer de plus longues méditations.

J'aurais encore bien des observations à faire, si je n'avais déjà outrepassé les limites d'un simple compte rendu ; on les trouvera dans les *Notes* qui suivent ma traduction, ainsi qu'un examen comparatif de l'ouvrage de M. Bellermann avec le mien. C'est là que je pourrai me féliciter à juste titre de m'être rencontré avec ce judicieux auteur sur le plus grand nombre des points, et de voir presque constamment mes conjectures fortifiées, soit par les siennes même, soit par l'autorité des manuscrits de Naples et de Rome qui m'étaient restés inconnus. De plus, on y trouvera discutées diverses questions qui n'entraient pas dans le plan de M. Bellermann, quoique présentant un assez haut intérêt.

Je n'ai pas parlé du Bacchius ; c'est un ouvrage beaucoup moins important et bien plus facile à traiter. Il est bon de dire, toutefois, que cet ouvrage se compose de deux parties dont la première est entièrement contenue, à quelques variantes près, dans le chapitre sixième du deuxième livre de Bryenne (p. 414), qui l'a vraisemblablement empruntée lui-même à cet auteur, si toutefois ils n'ont puisé tous les deux à une source commune. On y prouve que la sensation est insuffisante pour bien apprécier l'exactitude des consonnances. Dans la seconde partie, à laquelle la première sert de préliminaire, on donne d'une manière fort simple, et sous forme de théorèmes, la théorie de la division de la règle harmonique ($\varkappa\alpha\tau\alpha\tau o\mu\grave{\eta}\ \varkappa\alpha\nu\acute{o}\nu o\varsigma$), opération au moyen de laquelle on détermine les sons fixes du système musical ; l'opération désignée par le mot $\varkappa\alpha\tau\alpha\pi\acute{\upsilon}\varkappa\nu\omega\sigma\iota\varsigma$, que l'on traduit en latin par *condensatio* quoiqu'il signifie ici *morcellement, partage en petites fractions*, servant au contraire à déterminer les cordes variables.

A. J. H. VINCENT